AU PROFIT DES PAUVRES

PAGINULA

POÉSIES

Par Eugène DESBUISSONS, fils.

SENS,

IMPRIMERIE ET LITHOGRAPHIE DE PH. CHAPU,

Grande-Rue, 148.

1852.

AU PROFIT DES PAUVRES

PAGINULA

POÉSIES

Par Eugène DESBUISSONS, fils.

Non equidem *invideo* bullatis ut mihi nugis
Pagina turgescat dare pondus idonea fumo.

(PERS. Sat. V.)

SENS,

IMPRIMERIE ET LITHOGRAPHIE DE PH. CHAPU,

Grande-Rue, 148.

1852.

1

MÉDITATIONS, POÉSIES, MAXIMES.

SOLILOQUE D'UN ERMITE.

Imitation de Saint-Jérôme.

I

Mon paradis terrestre est mon cœur solitaire,
Et la mort.... c'est ma sœur, ma compagne sincère.
Se peut-il, en effet, que les êtres vivants
Soient assez enivrés de leurs mauvais penchants,
Pour ne penser qu'à vivre, et ne vouloir pas même
Entendre prononcer le mot d'heure suprême!
La misérable vie, où nous sommes réduits,
Veut-elle, qu'ici-bas, nous soyons tant séduits
Des plaisirs tourmentés qu'elle amasse autour d'elle,
Jusqu'à la préférer à la vie éternelle?

La beauté se flétrit aussi tôt qu'une fleur ;
La réputation, la gloire, la faveur,
Dépendent du hasard, du vent de la fortune....
L'âge vient... la santé varie à chaque lune,
S'affaiblit... nos trésors s'écoulent... nos liens :
L'amour et l'amitié les rompent pour des riens...
Du bonheur le plus doux remplissons la mesure :
Le dégoût lui survit, notre cœur en murmure....
Les plus fameux écrits sont rongés par les vers...
Tout passe, tout périt, excepté l'univers !...
Les chefs-d'œuvre des arts cessent d'être célèbres...
Les jours les plus sereins sont suivis de ténèbres...
Qu'est-il donc de durable au monde, où nous puissions
Attacher notre amour et nos affections ?

II

J'ai cru, quand j'étais jeune, hélas ! que la science
Nous descendait du ciel et de la Providence !
Mon erreur était grande !... Enfin j'ai reconnu
Qu'un grand savoir n'est rien — hors Dieu, hors la vertu —
Qu'un jeu d'esprit subtil, une vaine étincelle,
Qui meurt en jaillissant d'une obscure cervelle.

III

Voyez Rome, autrefois ! cette illustre cité
Florissante d'orgueil et de prospérité,
Qui tenait sous sa loi, sa formidable entrave,
Toutes les nations, comme on tient un esclave :
Elle-même, elle a vu ses superbes drapeaux
Trahis par la victoire et traînés en lambeaux,

Ses palais renversés, ses pénates, ses lares,
Asservis, mis au rang des nations barbares,
Dont, par droit de conquête, à la suite de Mars,
Elle avait si souvent abattu les remparts.

IV

A peine y trouve-t-on, maintenant, un passage,
Quelques débris sauvés de ce vaste naufrage!...

V

Que de pays fameux! Que de villes d'éclat
Sont tombés en poussière! et, dans ce vil état,
N'offrent plus à nos yeux, surpris de leur absence,
Que le néant, l'oubli de leur magnificence.

VI

Le temps consume tout, détruit le fer, l'airain,
Le marbre, le granit, le bronze... il faut qu'enfin
Tout s'exhale en fumée! Oh! que l'homme est étrange!
D'attacher constamment à ce globe de fange,
A ces biens fugitifs, trompeurs, faux, dangereux,
Tout ce qu'il a d'ardeur, d'espérances, de vœux.

VII

Dieu seul est beau, seul vrai, seul juste, et, dans sa gloire,
Offre seul un bonheur qui n'est point illusoire :
Repos bien préférable au plus illustre sort,
Au-dessus de la vie, au-dessus de la mort.

VIII

Aussi, las d'exister, avant ma sépulture,
J'élève jusqu'aux cieux mon âme chaste et pure.
Orgueilleux, corrompu, d'ennemis entouré,
Craignant tout de moi-même et d'un siècle égaré,
J'ai fui, brisé les fers et la chaîne servile
D'une société vile autant que civile,
Pour attendre la mort dans un gîte écarté,
Comme un sage, un captif, attend sa liberté !

II.

MAXIME.

—

L'éternité nous abandonne,
Quand l'égoïsme est notre loi ;
On ne perd jamais ce qu'on donne,
Là-haut on l'emporte avec soi.
Donner est le but de la vie,
Donner est l'espoir du saint lieu,
Fais du bien, le Ciel t'en convie !
Qui donne au pauvre donne à Dieu.

III.

RÉPONSE A UN ATHÉE.

Depuis la naissance du monde,
Une Providence féconde
Etale sa bonté par de constants effets ;
Les champs les plus ingrats font jaillir ses bienfaits,
Se couvrent de moissons, pour prix de leur culture.
Et ces trésors de la nature,
Où sa splendeur éclate et se peint à grands traits,
Vous n'y découvrez pas l'image d'une mère,
Dont la vieillesse tutélaire
Renaît, rajeunit tous les ans,
Pour enrichir de sa dépouille
Tout ce qu'elle a semé d'enfants !
L'esprit malin qui vous chatouille
Vous aveuglera donc toujours !
Quoi ! cette éternelle harmonie,
Qui de nos nuits et de nos jours
Détermine et règle le cours,
Cet ordre des saisons, cette voûte infinie,
Ces mondes, ces flambeaux, ces astres merveilleux,
Dont la chaîne s'étend par delà tous les cieux,
Dieu n'en est pas l'auteur ! Votre esprit le renie !
Vous avez bien peu de génie,
Ou vous avez de mauvais yeux.

IV.

A UN PAYSAN MÉCONTENT DE SON SORT.

—

Admire les produits dont ton enclos fourmille :
Quel tableau ravissant il offre à ta famille!
Quel superbe horizon, prolongeant son azur,
Fait briller ses rayons sur ton séjour obscur!
Un sauvage s'arrête et sent couler ses larmes
En voyant la campagne étaler tant de charmes...
Combien la majesté de son aspect divin
Doit ranimer la foi qui languit dans ton sein!
Et c'est toi qui maudis parfois l'Etre suprême,
Toi qui ne peux avoir d'autre appui que lui-même.
Au lieu de l'implorer, tu l'accuses, tout bas,
D'oublier le malheur qui s'attache à tes pas...
Va, ce n'est point à Dieu que tu dois ta misère;
Il n'a jamais créé les abus de la terre,
Il n'afflige personne, et, loin d'être cruel,
Comprend tous ses enfants dans les bienfaits du ciel.

V.

BIENHEUREUX LES PAUVRES !

—

La foudre tombe sur le chêne,
Elle dédaigne le roseau;
De la misère et de la peine
L'envie écarte son fléau;

Des grands la pompeuse origine
Aux petits peut faire pitié ;
On fauche le blé qui domine
Et le chaume reste sur pied.

VI.

LE JOUR DE L'AN 1852.

—

C'est aujourd'hui qu'on lave ses vieux langes.
Tous les humains, après de longs discords,
Vont à l'envi confondre leurs transports,
S'offrir des vœux, des bonbons, des oranges,
Des vers sucrés, des rébus, des couplets,
Des riens charmants prodigués à la ronde
Et qu'ici-bas l'on vend pour tout le monde ;
Car, à tout âge, il nous faut des hochets.

C'est aujourd'hui grand jour de mascarade ;
L'usage admis nous prescrit l'accolade.
— C'est le seul roi qui, toujours souverain,
Gouverne en paix sur son trône d'airain —
Chacun s'émeut, s'empresse, se coudoie ;
Les compliments pleuvent de tous côtés ;
L'illusion fait circuler la joie,
Verse, en courant, de fausses voluptés ;
La bienséance, au joug de l'étiquette,
Assujétit l'artifice des cœurs ;

On se compose, on farde sa toilette,
Ses sentiments, ses paroles, ses mœurs ;
On s'étourdit ; le passé s'évapore ;
Plus de débats, de noise, de procès!
Nous ne voyons partout que des succès ;
Nous oublions l'orgueil qui nous dévore.

Et c'est ainsi qu'on nous gouverne tous,
Grands et petits, du couchant à l'aurore,
Avec du bruit, du fracas, des joujoux!

Quel tourbillon, quel chaos, quel vertige!
Que notre espèce est un rare prodige!
Qu'il fait beau voir les perfides mortels
Dissimuler leurs caprices fantasques,
Et se montrer, avec de nouveaux masques,
Tout barbouillés de baisers fraternels!

Il est donc vrai qu'unis par l'imposture,
Fiers et rampants, tour à tour divisés,
Sous le vain nom d'êtres civilisés,
Nous outrageons les lois de la nature!
La politesse est donc l'art de mentir,
D'être agréable et de savoir trahir!

VII.

LA PHRASÉOLOGIE.

—

Sans vouloir critiquer l'abus qu'en fait chacun,
J'ai toujours détesté la phraséologie.
A quoi sert d'avancer deux ou trois mots pour un,
Qui dirait beaucoup plus, avec plus d'énergie?
Employer une phrase à la place d'un mot,
N'est pourtant pas toujours la preuve qu'on est sot.
Ne dire absolument que ce que l'on doit dire
N'est pas un petit art, c'est le grand art d'écrire;
C'est le premier, dit-on, après l'art de penser:
Bien peu de grands esprits même ont su l'exercer.

VIII.

L'ANTI-PINDARE.

—

L'ode n'est pas mon fort, j'abhorre les grands mots!
Les faux élans de l'âme et les phrases pompeuses
Ont pour moi des beautés qui me sont ennuyeuses;
    J'aime mieux les joyeux propos.
    Ce n'est pas pour que l'on m'admire
    Que je rimaille, c'est pour rire...

2

Je crois qu'au fond d'un bois, dans un clos retiré,
Le bonheur, s'il en fût, c'est de vivre ignoré.
D'ailleurs, quand j'aurais même un assez grand génie;
Pour qu'on me pardonnât l'insipide manie
　　　D'écrire en style mesuré,
Qui me dit qu'un beau jour, moi tout seul de ma race,
Après avoir souffert, sué dès le berceau,
Je ne me verrais pas sifflé jusqu'au tombeau,
Si j'allais enfanter *Sœvon* et sa préface !
　　　Je serais le portier d'Horace,
　　　Qui prétendait — le maître sot —
Faire un vase superbe... et ne fit rien qu'un pot.

IX.

BOILEAU.

La muse de Boileau surpasse mon savoir :
J'admire son tour pur et son exactitude ;
Mais, comme elle n'a pas le don de m'émouvoir,
Son charme n'est, pour moi, que celui d'une prude,
Et son plus grand défaut est de n'en point avoir.

X.

IL NE FAUT JURER DE RIEN.

Ne jure pas, promets... C'est aussi ma devise :
Le revers de mon cœur peut fausser ma franchise.
Ce que l'on voudrait être, on ne l'est pas toujours,
L'hypocrite proteste ou farde ses discours.
L'honnête homme se tait, sa parole indécise
Semble errer sur sa bouche et chercher du secours ;
On dirait qu'à douter toute sa foi s'épuise,
Que de ses propres sens il craint une surprise ;
Dès qu'il croit ressentir d'éternelles amours,
Il a peur de tromper, de s'abuser lui-même ;
Il plonge un long regard vers la voûte suprême,
Unit son inconstance à celle du hasard,
D'aucune illusion ne se fait un rempart ;
Avec son jugement, sa raison, sa prudence,
Met sa fragilité, ses travers en balance,
Et reconnaît bientôt que le parfait chrétien,
Le vrai sage, est celui qui ne jure de rien.

XI.

LE VIEUX SAGE.

Si le sort, sur mon front pelé,
S'ouvrant avec magnificence,

Répandait sa munificence,
Moi, qui, grâce à la Providence!
N'ai le cerveau qu'un peu fêlé,
Loin de me trouver ébranlé,
Par l'éclat et par l'opulence,
Je réclamerais l'indigence.
Qui n'a rien ne perd rien et n'a point de regrets,
Le riche a toujours peur de perdre ses palais :
A moins de verroux et d'escorte,
Il ne peut dormir un moment :
Celui qui se couche à sa porte
Y sommeille paisiblement.

XII.

LE FONDS QUI MANQUE LE MOINS.

Travaillez, petit polisson!
Craignez le sort qui vous menace ;
Du présent on obtient pardon ;
Mais l'avenir ne fait pas grâce.
Paresseux, vous grincez les dents!
Allons! allons! vîte, à l'ouvrage!
Au lieu de pleurs, de cris, de rage,
Plus tard on entendra vos chants.
Celui qui porte dans les champs
La semence du labourage,

Aujourd'hui, paraît abattu,
N'attend pas du sol un fétu ;
Mais que des flots d'épis superbes
Remplissent demain ses sillons,
Il reviendra, couvert de gerbes,
Gai, fier du fruit de ses moissons :
C'est notre histoire : TRAVAILLONS !

ÉPITRES, SATIRES, ÉLÉGIES.

XIII.

A UN AMI.

—

1848.

Tu dis vrai, mon ami, le flambeau des lumières
Introduit ses rayons jusqu'au fond des chaumières.
Les produits de la presse inondent nos hameaux.
Toi-même, tu t'instruis en lisant les journaux,
Et tu voudrais aussi pouvoir porter la robe
Afin de mettre en feu les quatre coins du globe.
Un démon politique a soufflé sur nos mœurs :
On ne voit plus partout que des dissertateurs ;
En savants avortés l'espèce humaine abonde ;
C'est la peste du siècle et le fléau du monde.

Corrupteurs effrénés du sentiment public,
Leur morale ordinaire est l'instinct du trafic;
Et si l'assassinat devenait à la mode
En l'honneur de *Mandrin* ils bâtiraient un code.
N'importe! on les proclame, ils ont des abonnés!
Colportant leurs écrits de dînés en dînés,
Font frissonner les saints pour honorer les diables,
Et troublent l'univers en débitant des fables.
D'aucun de ces messieurs je ne suis partisan:
J'estime cent fois plus un honnête artisan
Qui souffre les rigueurs d'un travail mercenaire:
Ecrire à tant le mètre et tromper le vulgaire,
Ce n'est pas travailler, c'est usurper son pain.
Ne fais pas de ton fils un méchant écrivain :
Le véritable honneur, l'état le moins précaire,
    C'est d'être utile à son prochain.

XIV.

A UN ÉCOLIER

relevé d'une fluxion de poitrine.

—

Le voilà, Dieu merci! réchappé du trépas!
Pauvre enfant!... on croyait qu'il n'en reviendrait pas.
Jeune homme, vous voyez à quoi tient l'existence,
Et ce que peut produire un moment d'imprudence!

Vous venez de l'apprendre à vos propres dépens.
Tâchez donc, désormais, de régler mieux vos sens.
La jeunesse aisément rit des maux qu'elle ignore ;
Sa fougue lui défend d'écouter la raison :
S'enflammer en plein air, insulter la saison,
C'est charmant!... le vent souffle... on rentre, un noir frisson
S'introduit dans les sens, transit, brûle, dévore ;
Quel triste lendemain! Quel réveil ! dès l'aurore,
Après un rêve heureux, la fièvre et le transport
Font succéder au jeu la douleur ou la mort.

J'ai dit et le redis : jeunesse, soyez sage,
Du néant de vos jours faites l'apprentissage.
Evitez bien le mal, et jamais n'oubliez
Qu'il arrive en voiture et s'en retourne à pieds.

XV.

CONSEILS

à un paysan qui veut rebâtir sa chaumière.

Ton asile est rustique et même un peu fragile,
Son enduit crevassé n'est qu'un ciment d'argile...
Crois-moi, n'ajoute rien à sa simplicité :
Tes pères l'habitaient, les ans l'ont respecté ;
C'est ton manoir, celui de tes pauvres ancêtres ;
Ces murs, ces vieux chevrons et ces piliers champêtres.

Ont de tes premiers ans vu commencer le cours ;
Qu'ils soient encor témoins du déclin de tes jours :
Dans ce réduit paisible, autour de son enceinte,
Tout semble du passé porter l'aimable empreinte,
Tout s'adresse à ton cœur, ajoute à tes plaisirs,
Rajeunit tes vieux ans par d'heureux souvenirs :
Là, dans les soirs d'hiver, un peu moins surveillées,
Tes sœurs avec l'amour partageaient leurs veillées ;
Ici, près du foyer, sans quitter son fuseau,
Ta grand'mère en filant balançait ton berceau ;
Ces quatre peupliers dont tu vois le feuillage
Aux jeux de ton enfance ont prêté leur ombrage !
Ces monuments du cœur ont cent fois plus de prix
Qu'un empire écroulé sous de pompeux débris.

XVI.

CONTRE LES DÉTRACTEURS DE L'ACADÉMIE.

Certains rimailleurs faméliques,
Fiers de leur incapacité,
Contre les droits académiques
Coalisent leur vanité.
Ils ont cent fois, ces pauvres hères,
Proclamé, qu'autour du fauteuil,
Croissaient des lauriers somnifères,
Vains apanages de l'orgueil ;

Dans leur ardeur impertinente,
Ils ont prétendu qu'au besoin,
Pour loger l'esprit des *Quarante*,
Il suffirait d'un petit coin.
On les croirait d'une autre race !
Mais s'il fallait, à la rigueur,
Troubler le bourbier du Parnasse
Pour greffer leurs titres d'honneur,
Et leur assigner quelque place,
O Muses ! vous pourriez alors
Flétrir leur audace inouie,
Car, malgré vos nobles efforts,
Où nicheriez-vous leur génie?

XVII.

PLEUVOIR ET PLEURER.

(Imit. de l'Espagnol.)

IDÉE EXTRAITE DU JOURNAL DES DEMOISELLES.

I

Vois-tu tomber du Ciel, terni par le nuage,
Les gouttes que la nuit mêle aux brises du soir?
L'habitant de la terre, en son pauvre langage,
O ma fille chérie! appelle ça : PLEUVOIR!

3

II.

Et du ciel de tes yeux, épuisé par les veilles,
Tout pâle des douleurs qu'on n'ose murmurer,
Ne sens-tu pas tomber bien des gouttes pareilles ?
Le monde où nous vivons appelle ça : PLEURER !

III

Les nuages du ciel et les peines du monde
Sont, ma candide enfant, des gouttes et des pleurs :
Les nuages du ciel montent du sein de l'onde,
Et les chagrins humains partent du fond des cœurs,

XVIII.

RECONCILIATION.

—

Tu m'accuses de jalousie,
J'accuse ta frivolité,
Pardonnons-nous cette folie.
Et, pour clore un si doux traité,
Souviens-toi bien, ma tendre amie,
Qu'il n'existe pas dans la vie
D'éternelle félicité.
Tout s'achète ici-bas, tout veut des sacrifices,

La peine a ses plaisirs, la joie a ses caprices ;
Dans ce mélange heureux sont toutes nos douceurs.
    L'amour est un sentier de fleurs
    Qui brillent sur des précipices ;
    On ne les cueille avec délices
    Qu'en les arrosant de ses pleurs.

XIX.

SOUS UN SAULE PLEUREUR.

(Imitation d'une pièce en prose de mon père.)

—

Arbre chéri, symbole de mon deuil !
Toi, dont le pied pose sur un cercueil,
Dont le feuillage enveloppe une tombe !
    Que sur mon front ta larme tombe,
        Voile mes pleurs !

Ainsi parlait Marie, au tombeau de son père.
Sans lui, sans cet appui, pour marcher sur la terre,
Ses jours devaient passer ici-bas ignorés,
Et son printemps d'amour, et ses rêves dorés
S'incliner au couchant sans avoir vu l'aurore...
Verse de justes pleurs, enfant, murmure encore :

    Arbre chéri ! etc.

Et pendant que Marie, aux soupirs des bruyères
Mêlait de longs sanglots, de plaintives prières,
Son fiancé, non loin, ingrat à sa douleur,
Aux pieds d'une rivale offrait un second cœur.
Marie alors s'éveille à cette voix chérie....
Elle regarde, tombe !... et plus bas elle prie :

      Arbre chéri ! etc.

Ainsi, parmi les fleurs, solitaire et voilée,
La violette blanche, au revers d'une allée,
Incline sur sa tige un calice d'argent,
Puis se flétrit et meurt au passage du vent :
Ainsi tombe Marie, et son âme s'envole,
Comme un suave encens, invisible auréole.

    Arbre chéri ! Symbole d'un long deuil,
    Toi dont le pied rencontre son cercueil,
    Dont le feuillage enveloppe sa tombe,
      Que sur son corps ta larme tombe !
      Voile sa mort !

XX.

RÊVERIES.

I

Egoïste, orgueilleux, l'homme aimerait qu'autrui
Dans la joie et les maux fût de pair avec lui,

L'homme est-il fortuné !...... Pauvres, plus de tristesse !
L'homme est-il indigent !... Riches plus d'allégresse !
L'homme heureux veut des ris, malheureux, des douleurs :
Il impose à chacun son ivresse et ses pleurs.

II

Homme insensé ! faut-il que, devant tes souffrances,
Se taisent tout à coup d'aimables espérances ;
Que pour inaugurer tes fêtes, tes succès,
D'un amer désespoir on étouffe l'accès ?
Peux-tu rider le front du juste qui prospère,
Faire oublier la mort d'un enfant ou d'un père ?...

III

Reviens de ton erreur : cet homme comme toi,
Que tu prétends plier à ta rigide loi,
Comme toi, n'est-il pas orgueilleux, égoïste ?...
Cesse de te briser à ce qui te résiste,
Et va, dans la nature, exhaler tes transports :
Seule, elle t'offrira de flexibles accords.

IV

Aimes-tu ?... que d'échos ! une brise légère
Caresse de son vol l'ondoyante fougère ;
Les oiseaux, égrénant les perles de leurs voix,
Épanchent leurs amours sous la feuille des bois ;
Le papillon ravit des baisers aux prairies,
Et le bosquet s'entrouvre aux molles rêveries

V

De nos pâtres les chants tour à tour lents et vifs
Modulent à l'envi leurs sentiments naïfs;
Et puis, là-bas, là-bas, loin, au-delà des plaines,
Des horizons formés d'inséparables chaînes,
Éblouissants de feux, miroitants de couleurs,
Élèvent vers le ciel leurs crêtes et leurs fleurs.

VI

Si tu souffres... hélas! si ta vie effeuillée
Veut en vain s'endormir et demeure éveillée,
Si le glas a sonné pour ton fils au berceau,
Si tu ne peux bannir l'image du tombeau,
Va, crois-moi, lentement, gravis cette colline,
A l'instant où la nuit sur le coteau s'incline.

VII

Le rameau balancé par le souffle du soir,
Dans le temple éternel, éternel encensoir,
Mêle un rythme plaintif aux soupirs des bruyères.
Là, tout semble regrets, gémissements, prières...
C'est l'onde murmurant aux revers des ruisseaux,
Le sable qui bruit sous la chute des eaux.

VIII

C'est le cri régulier, déchirant, monotone,
Des sinistres hiboux, précurseurs de l'automne;

C'est l'avide corbeau disputant au chasseur
Le chevreuil abattu par le plomb destructeur ;
C'est l'ombre suspendue aux penchants des montagnes,
Comme un vaste linceul étreignant les campagnes.

IX

Homme ! agenouille-toi ! La nature a parlé !
Ton esprit est moins vain, ton cœur moins désolé !
Ah ! c'est que la nature, œuvre sainte, divine,
Ne peut jamais trahir sa céleste origine,
C'est que dans ses accents, sa gloire, sa splendeur,
La nature ici-bas est le doigt du Seigneur,
Et qu'en nous révélant la majesté suprême,
Elle nous avertit du néant de nous-même.

XXI.

LES QUATRE BAISERS DE LA VIE.

I

A grand peine endormi dans mon petit berceau,
Quand un songe doré m'apportait sur son aile,
Un grand cheval de bois : que la nuit était belle !
Mais, sitôt que le jour, écartant mon rideau,
Venait malignement entrouvrir ma paupière,

Je versais bien des pleurs, et... regrets superflus !
Il fallait se lever; j'oubliais ma prière,
  Et ne souriais plus
  Qu'aux baisers de ma mère.

II

Aux murmures des vents, je crus entendre un jour
Se mêler un soupir semblable aux voix des anges.
Je me tus.... et la voix, du trône des archanges,
Laissa tomber sur terre : « Enfant, cherche l'amour ! »
Mon front devint rêveur, mon haleine brûlante;
Adieu livres, étude ! Adieu mes chastes jeux !
Et bientôt, parfumés de santal et de menthe
  Je livrais mes cheveux
  Aux baisers d'une amante.

III

L'amour traîna longtemps mon cœur dans ses réduits;
Mais d'un plus noble amour les roses éternelles,
Les flambeaux de l'hymen, leurs douces étincelles,
En autant de beaux jours transformèrent mes nuits.
Un fertile baiser m'apporta la famille,
Et je crus un instant au bonheur des humains,
Aux grains de volupté que le ciel éparpille,
  En tendant mes deux mains
  Aux baisers de ma fille.

IV

J'ai vécu.... Plus d'espoir !... Mais est-ce là souffrir ?
Enchaîné par la loi des effets et des causes,

Tout arrive au néant par des métamorphoses.
Quand on a su bien vivre, on doit savoir mourir.
Toi qui délivres, Mort! viens me crier : Succombe!
Mon âme par degré s'épure pour les cieux,
Goutte à goutte la foi dans mon sein filtre et tombe,
    Et j'attends, radieux,
    Les baisers de la tombe.

XXII.

LA NUIT DU PRISONNIER.

I

Quand le ciel étend sur la terre
Les sombres voiles de la nuit,
Quand sur les toîts la lune est claire,
Et qu'enfoncé dans mon réduit,
J'entends l'airain sonner minuit,
Je sens mon cœur qui se réveille....
Tout dort! je puis rêver sans bruit...
Je n'entends plus à mon oreille,
Bourdonner, ainsi qu'une abeille,
Autour de l'agneau qui la fuit,
L'esprit malin qui me poursuit;
Tout dort!... ma colère s'enfuit!

II

Ma lampe, au milieu des ténèbres,
Eclaire mon humble caveau;
Ses rayons pâles et funèbres
Dorent le feu de mon cerveau.
Et, sur mon lit, chapelle ardente,
Répandent leur clarté mourante,
Comme une flamme vacillante,
Sur le silence d'un tombeau.

III

Tout dort, et je veille tranquille,
Las de pleurer et las du jour,
Anéanti, presqu'immobile,
Là, je partage mon amour
Entre la mort et ma victime,
Sœurs de charité toutes deux ;
L'une doit enterrer mon crime
Et l'autre me fermer les yeux.

IV

Mais, ma victime est mon bon ange,
Qui, dans mes rêves, chose étrange,
N'apparaît que pour me bénir,
Me consoler et non me fuir.
Ainsi, mon angoisse, loin d'elle,
Devient quelquefois moins cruelle.

V

Le jour, son souvenir calme mes sens aigris,
L'horreur de mes tourments, de l'état où je vis.
La nuit, qu'un songe heureux m'apporte son image :
Tel on voit un doux vent écarter un nuage,
Elle rend mon sommeil plus léger, plus riant ;
Le jour ne tarde pas à dorer l'Orient ;
L'image disparaît au retour de l'aurore,
Et, longtemps, dans mon cœur, son charme dure encore.

VI

O femmes ! si la vie est un vase de fiel,
Qu'à son breuvage amer vous ajoutez de miel !
Aussitôt qu'on vous aime, il faut aimer la vie.
J'en fis souvent l'épreuve aux pieds de mon amie
Que de fois j'oubliais, en lui baisant la main,
Ma haine pour moi-même et pour le genre humain.

XXIII.

CONSEILS.

—

Enfant, tu ne sais pas ce que c'est que l'amour.

C'est l'hôte du sommeil et de ta chaste conche ;
Dans tes rêves dorés, il vient à ton chevet,
Se penche sur ton sein, respire sur ta bouche,

Il te parle tout bas un langage muet,
Et te montre du doigt, dans la voûte suprême,
Ce discours inconnu : « *Femme, c'est toi que j'aime !* »

Enfant, tu ne sais pas ce que c'est que l'amour.

Et, pauvre jeune fille, à cette folle ivresse,
A ce torrent maudit qui roule tant de pleurs,
Tu livres bruyamment beauté, fraîcheur, jeunesse,
Tu cueilles tes beaux jours, comme on cueille les fleurs,
Sans pitié, sans choisir; et de ta courte vie,
Tu vides les parfums sans penser à la lie.

Enfant, tu ne sais pas ce que c'est que l'amour.

Bientôt, vient le moment où penché vers l'abîme,
Sans voir, dans l'avenir, son trône et son cercueil,
Malgré lui, ton cœur tombe entre les bras du crime,
Le monde, pas à pas, te pousse vers l'écueil,
Honteuse de rougir, tu t'avances joyeuse,
Et, prête à t'avilir, tu te crois généreuse.

Enfant, tu ne sais pas ce que c'est que l'amour.

Mais la beauté s'éteint dès qu'on la voit paraître,
Et la vieillesse arrive, et de près suit la mort...
Car tout meurt, ici bas, et tout n'a fait que naître...
Alors, ma pauvre fille, à toi, honte et remord!
Il n'est déjà plus temps de voir le précipice,
Et ton dernier soupir est encore un supplice.

Enfant, tu dois savoir ce que c'est que l'amour.

XXIV.

L'ENFANT TROUVÉ.

—

Le monde, indifférent à mes cris superflus,
  Le jour où j'ai vu la lumière
  Dans la crêche de la misère,
  M'a banni du sein des élus.
Sans nom, sans autre bien qu'un lange tout au plus,
  J'eus la bourbe pour mère,
  L'hospice au lieu de père.
La rue et le pavé : ce sont-là mes aïeux...
O vous, à qui je dois cette origine amère,
  N'êtes-vous pas, plus que moi, malheureux ?

XXV.

POUR LE JOUR DE L'AN 1849.

—

Ma sœur à notre père.

—

Cher papa, dès ce jour, je dis : Adieu poupées!
J'aurai bientôt douze ans, la raison m'avertit

4

Qu'il est temps de former mon cœur et mon esprit.
Dieu pardonne aux erreurs qui me sont échappées !
Puisque tout vient de lui, c'est à son tendre amour
Que je dois tes bontés, mon pain de chaque jour;
C'est lui qui me protége et bénit mon enfance.
Puis-je mieux reconnaître et goûter son appui,
Qu'en t'offrant mes souhaits et ma reconnaissance ?
Mes prières pour toi sont de l'encens pour lui.

RÉCITS, FABLES, CONTES.

XXVI.

SOUVENIR D'UN VIEUX SOLDAT.

—

Sans la force d'esprit, sans le but du courage,
Qu'est-ce qu'un conquérant, un géant de combats,
Qui jouant, au hasard, les chances du trépas,
Nourrit le seul espoir d'un éphémère hommage
Et se croit un héros au bruit de ses éclats ?
— Un franconi d'armée, histrion de carnage,
     Pas plus...! La lorgnette à la main,
Dominateur des rois et presque du destin,

Lorsque le monde entier saluait son image,
J'ai vu Napoléon, calme au sein de l'orage,
Promenant sur la carte un tranquille compas,
Féconder les lauriers cueillis par ses soldats;
Eût-il vaincu cent rois, semé leur héritage...
Il étonnait le monde et ne s'étonnait pas.

XXVII.

L'EMPEREUR ET LE GROGNARD.

Quel âge as-tu ? — Quarante ans, sire!
— Tu n'es donc qu'un homme de cire ?
Comment, à quarante ans tu n'es pas général ?
Tu n'as que deux chevrons!
                    — Sire! pour vous défendre!
Et ces humbles chevrons que vous prenez à mal,
Valent bien le bâton de certain maréchal,
Avide de repos, qui travaille à vous vendre.
          D'ailleurs, à quoi sert d'arriver
Si vite...? Un vieux sergent peut encore s'élever;
Quand on est empereur, on ne peut que descendre.

XXVIII.

LA VEILLE D'UNE BATAILLE.

Vous pleurez, Général! — C'est vrai, j'ai l'âme émue;
Chaque fois que je viens de passer la revue,
En pensant que de tant de soldats, de héros,
Il ne restera plus avant peu que des os.
— Et vous, mon Général? — Nous sommes tous égaux!
Ma vie, au champ d'honneur, n'est pas mieux défendue;
La mort qui vous attend pèse aussi bien sur moi....
Mais on doit plus songer à son prochain qu'à soi.

XXIX.

ÉLECTION D'UN MAIRE DE CAMPAGNE.

Son cœur fut toujours plein d'un vrai patriotisme,
L'amour de la justice est son seul fanatisme,
Tous ses administrés marchent d'un pas égal,
Portent, sans murmurer, le joug municipal;
Et lorsque, réunis pour donner leurs suffrages,
Ils viennent, déployant un civique appareil,
Proclamer les élus destinés au conseil,
Le scrutin n'est pour lui qu'une source d'hommages;

L'urne répond aux vœux de la majorité,
Son nom sort aux *vivat* de l'unanimité.
Alors, comme César, il dit avec ivresse :
« Ce n'est pas là, peut-être, un titre de noblesse ;
» Mais il vaut mieux régner sur quelques villageois
» Que d'être au second rang dans le palais des rois. »

XXX.

DIEU CRÉATEUR DE TOUTES CHOSES.

—

Un jeune laboureur, accroupi, contemplait
    Une tige de serpolet.
      — Pourquoi, lui dit, d'un air superbe,
    Un beau monsieur qui l'observait,
    Admirez-vous tant cet objet ?
    Qu'est-ce qu'il vous dit, ce brin d'herbe ?
      — Il me dit : C'est Dieu qui m'a fait.

XXXI.

LE SAGE ET LE RAILLEUR.

—

Docteur, savez-vous lire, en mettant vos lunettes,
Dans les cieux, dans le cours des astres, des planètes?

— Un peu... j'y crois souvent voir sautiller des fous,
D'impertinents rieurs, contents d'eux comme vous.
— Charmant! mais, entre nous, votre fortune basse
Prouve moins un savant qu'un piètre original.
Connaissez-vous la vie ? — Oui, Dieu m'en fait la grâce;
Tenez, vous voyez bien cette folle qui passe :
C'est la vie; elle était reine hier dans un bal,
Aujourd'hui, la voilà chiffonnière. — Pas mal!

XXXII.

L'ÉGOÏSTE.

Regardez l'égoïste, examinez sa bouche :
Elle s'ouvre et dit : *Moi!* Comme ce mot le touche,
Épanouit ses traits, dilate son coup d'œil,
Le fait tressaillir d'aise et se pâmer d'orgueil!
Voyez donc....! *Moi,* dit-il, *j'ai* blason, *j'ai* richesse,
Je suis.... *je veux....* Est-il le seul de son espèce?
Quel sot n'aimerait mieux, par besoin de s'enfler,
Dire du mal de lui que de n'en pas parler ?

XXXIII.

SOUVENIR D'UN PAYSAN.

—

Digne monsieur X....! Oh! oui, c'était un sage !
Vous voyez bien, là bas, ce modeste ermitage :
     C'est là qu'il passait tout l'été,
     A soulager l'humanité.
Il aurait volontiers nourri tout le village,
Sans craindre un seul instant que le pain lui manquât ;
Et c'était cependant, un ancien avocat!...
     Quand nous avions quelque chicane,
Pour un déplacement de borne, pour un âne
Surpris à pâturer dans le pré du voisin,
C'est lui qui s'imposait, tant son âme était bonne,
La fin de nos débats, sans frais, sans parchemin ;
Et, quand on lui portait un quart de jus d'automne,
     Quelque paire de poulets gras,
     On perdait sa charge et ses pas :
« Mes enfants, avec moi, la justice se donne,
     — Disait-il — et ne se vend pas. »

XXXIV.

LA COLÈRE PATERNELLE.

—

Avez-vous vu cet enfant-là,
Qui s'enfuit lorsque je l'appelle !

Dussé-je en perdre la cervelle,
Le polisson m'obéira....!
Je.suis son père, il l'apprendra,
S'il résiste et joue au rebelle !
Attends un peu, je vais à toi,
Bandit! tu vas changer de rôle,
Ou sinon, tu diras pourquoi!
Vite! ma canne, ah! ah! mon drôle,
Vous revenez...! — vous craignez donc!—
Souple à présent comme ce jonc ?...
Je vous ai vu quitter l'école;
Je vous ai vu vous amuser!...
Il rit encor!... de l'écraser
Je ne sais qui m'ôte l'envie!
Si je te vois recommencer,
Coquin, je t'arrache la vie!...
Est-il en nage! est-il défait!...
Embrassez-moi, mauvais sujet!

XXXV.

LA FORTUNE.

—

(Imit. de Martial.)

—

La fortune varie et son cœur est de marbre,
Elle nous trompe tous: Un pauvre malheureux,

Dont elle repoussait les vœux,
Avise, pour se pendre, un chêne... Au pied de l'arbre,
Que voit-il ? une fente... où rayonnait de l'or !
Il écarte la terre et découvre un trésor ;
      Mon gars prend un nouvel essor ;
Il emporte le coffre et laisse là sa corde.
Le maître du trésor survient : Miséricorde !
Les écus n'y sont plus, mais une hart l'attend...
Voilà le pauvre riche, et le riche se pend.

XXXVI

L'AVOCAT ET LE PLAIDEUR.

(Imit. de Martial.)

Eh ! pour Dieu, mon cher avocat,
Il ne s'agit pas dans ma cause
De violence, ni d'attentat !
Je ne réclame qu'une chose :
C'est deux moutons qu'on m'a volés.
J'en accuse mon voisin Brice ;
Il faut convaincre la justice,
Mettre un terme à nos démêlés :
Et, d'une voix d'énergumène,
Déclamant comme Melpomène,

Talma, Rachel, vous ne parlez
Que du Pont-Euxin, de l'Euphrate,
Des sournois
De Carthaginois,
Des batailles de Mithridate,
Du grand César... Belles raisons !
Parlez plutôt de mes moutons!

XXXVII.

TALIS PATER, QUALIS FILIUS.

Cassiope, un beau jour, assez imprudemment,
Dit qu'elle était, assurément,
Plus belle que les Néréïdes ;
Frémissantes d'orgueil, ces déesses perfides
Enchaînèrent sa fille au sommet d'un rocher,
Près d'un affreux reptile, animal amphibie,
Dont les cris furieux troublaient l'Ethiopie.
Aucun pour la sauver n'eût osé s'approcher.
Thésée, heureusement, accourut à son aide,
Il terrasse ce monstre, et la belle Andromède
S'unit à son libérateur.

Puisque l'esprit du siècle a fait tant de conquêtes,
Je voudrais que tout homme eût la même valeur

5

Pour abattre à ses pieds, sans pâlir de frayeur,
L'Hydre des préjugés, ce colosse à cent têtes,
Qui ne sait que rugir, et veut que les enfants
Soient toujours châtiés des torts de leurs parents.

XXXVIII.

CHATIMENT DE PLUTUS.

—

Plutus à Jupiter s'est un peu trop frotté.
Jeune encore, on prétend qu'avec témérité
Au maître de l'Olympe il fit cette menace :
« Ta foudre et ton pouvoir n'ont rien qui m'embarrasse ;
» Répands, selon ton gré, les charges, les honneurs,
» Accorde à qui tu veux tes suprêmes faveurs,
» Quant à moi, je ne veux enrichir que les sages,
» Les hommes vertueux ; pourquoi faire du bien
» A des gueux qui, sans or, ne seraient jamais rien ? »
Ces mots, pour Jupiter, furent autant d'outrages,
Jupiter est jaloux : protéger les vertus,
L'esprit, c'est lui ravir moitié de nos hommages.
Un coup de son tonnerre eût écrasé Plutus ;
Mais, non, cette vengeance eût été trop commune.
Il fut plus politique en lui crevant les yeux
      Ainsi qu'à sa sœur, la fortune.
     Il fit suivant moi, beaucoup mieux :
Le trépas de Plutus n'était pas nécessaire,
      Et puis, qu'allait-il faire :

Il allait après lui faire crier les gens,
On eût dit que les dieux n'étaient pas indulgents;
L'aveugler pour toujours suffisait à sa haine.
Même en y voyant clair, on a bien de la peine
Souvent à distinguer les gens d'esprit des sots.
A plus forte raison quand on a les yeux clos.

XXXIX.

L'HIVER ET LA VOISINE.

—

C'est de Mathieu Lensberg que je tiens cette histoire,
Il me la racontait l'autre soir, après boire :

Depuis que la Toussaint avait rembruni l'air,
Sitôt que le soleil désertait sa chaumine,
Exacte au rendez-vous, tous les soirs, sa voisine
Venait à son foyer, près d'un feu toujours clair,
     Établir son quartier d'hiver,
Veillait jusqu'à minuit, trouvant le pain trop cher.
Mathieu, pour l'éprouver, plus normand que le diable,
S'avisa, certain soir, d'une ruse impayable :
Il rentrait de l'ouvrage, et d'un cidre fameux
Arrosait, coup sur coup, son appétit joyeux.
— Voisine, lui dit-il, vous prendrez bien un verre,
Partageons nos plaisirs comme notre misère ;

Notre maison vous plaît et vous me plaisez fort,
Nous sommes vieux amis, il faut faire un accord';
Plus on est de voisins, plus la veillée est belle!
Apportez tous les soirs votre rouet chez nous,
Et ne vous gênez pas, faites comme chez vous.
Nous vivrons en commun, la bise est froide... il gèle,
Si nous payons le bois, vous paîrez la chandelle.
C'est moitié moins de frais et passe-temps plus doux.
Cela vous convient-il ? — Oui, lui répondit-elle;
Mais il est déjà tard, au revoir, je m'en vais.
Elle emporta son pot, son rouet, son écuelle,
    Et ne revint jamais.

XL.

PHILOPOEMEN.

—

    Philopœmen,
  Un jour, avant son train,
Arriva seul dans une hôtellerie.
  Une servante d'écurie,
  Voyant des trous à son manteau,
Le pria sans façon de lui tirer de l'eau,
Pour lui faire plaisir, tant elle était pressée,
Attendant, ce jour-là, le grand Philopœmen,
Si rien ne l'arrêtait toutefois en chemin.
Tout autre eût pu sentir sa vanité blessée;

Philópœmen accepte, et voilà mon héros,
Qui, faisant manœuver la corde et la poulie,
Tire du fond d'un puits de l'eau fraîche à pleins seaux,
Comme s'il n'avait fait que cela de sa vie.
Son équipage arrive: — Est-ce une comédie ?
Notre chef par hasard est-il devenu fou ?
A-t-on rien vu de tel de Memphis à Corfou ?
Ce doit être un valet de ferme ou de cuisine,
Et non Philopœmen. — Si fait, dit celui-ci,
C'est bien moi, mes soldats ; mais ma mauvaise mine
     M'a fait tort en entrant ici,
Et je viens d'en payer la peine, Dieu merci !

XLI.

LE PRÉTENDU A LA MODE.

Ah ! ça, cher avocat, parlons un peu raison :
Vous demandez ma fille et sa dot avec elle ;
Mais ce n'est pas de rien qu'on crée une maison,
     Avez-vous une clientèle ?
— Superbe ! mes clients peuplent tous les quartiers !
— Ah ! vraiment ! à merveille ! et de combien est-elle ?
     — De deux ou trois cents créanciers,
Qui, payés une fois, par leur crédit immense,

Me feront l'avocat des plus gros financiers.
— Et vous vous marîrez pour en tirer quittance!...
Merci! prenez la porte et ne revenez plus;
Vous n'aurez pas ma fille, encor moins mes écus.

XLII.

GASCONNADE.

Est-ce qu'on bat les gens pour les mettre en demeure?
M'appliquer un soufflet! C'est pour rire, je croi....?
— Je ne raille jamais! — Mon cher, à la bonne heure!...
C'est que je n'aime pas qu'on plaisante avec moi.

ÉPIGRAMMES, ÉPITAPHES, DISTIQUES.

XLIII.

RÊVE D'UN ROMANTIQUE.

—

De la postérité, les palmes immortelles
Ont frappé cette nuit mes regards éperdus :
J'ai cru voir s'entrouvrir les voûtes éternelles
Et descendre à mes pieds les astres confondus;
Mon front touchait aux cieux, les éclats du tonnerre
Grondaient autour de moi, faisaient trembler la terre,
Et l'Olympe enflammé découvrait à mes yeux
Le temple des neuf Sœurs et le banquet des dieux.

Apollon m'apparut, du plus haut de son trône;
Il effeuillait sur moi les fleurs de sa couronne,
Par Pégase emporté, je m'envolais déjà.....
L'âne de ma laitière aussitôt m'éveilla !

XLIV.

RÉPONSE AU SERMENT D'UNE FEMME.

—

Enfant! tu me trahis quand tu dis que tu m'aimes,
Tu te trahis encor quand tu fais des serments :
    Toutes les femmes sont les mêmes,
Dès que leur cœur s'émeut, d'accord avec leur sens,
C'est un diapason monté pour tous les thêmes,
Qui chantent le même air sur tous les instruments.

XLV.

LE TEMPS ET L'AMOUR.

—

L'AMOUR : — Vieillard, tu fuis d'un vol rapide;
    Mais pas aussi prompt que tu crois.
Veux-tu rivaliser avec l'enfant de Gnide ?
LE TEMPS : — Non, tu fuis plus vite que moi.

XLVI.

TOUT PASSE.

Au torrent du destin rien n'oppose une digue ;
De tout ce qu'ici-bas la nature prodigue,
Nul démon ravageur n'interrompt le trajet ;
    Tout passe : Voyez le budget !

XLVII.

LE MORIBOND BIEN PORTANT.

Jean boit bien, mange bien, il a bon pied, bon œil,
Est frais comme une rose et se croit au cercueil.
    —C'est le malade imaginaire —
Et cependant il est bien certain du contraire.
A tous il dit qu'il voit sa santé dépérir,
Qu'il ne possède plus que la mine ; l'écorce.
Au secours ! au secours ! vite ! Jean va mourir !...
    Il ne lui manque que la force
    De pousser le dernier soupir.

XLVIII.

LE MINISTRE ET LE SOLLICITEUR.

—

Que voulez-vous de moi ? parlez ! — votre excellence
Connaît déjà mon nom, mes titres, ma naissance,
    Je descends de Montmorency ;
Il me faut un emploi d'honneur, d'apothéose,
    Et je ne crains pas, Dieu merci,
Que, pour me traverser, là dessus personne ose...
    — Passons, Monsieur, dans ce temps-ci,
    Rien, n'est personne, tout, est chose.

XLIX.

LA MAUVAISE ECRITURE.

—

Plaignez donc ce Monsieur, qui veut bien s'excuser,
D'écrire comme un chat, quand tout le monde admire
    Tout ce qu'il écrit pour instruire
    Aussi bien que pour amuser ;

C'est une manière de dire :
Je ne sais pas écrire,
Je ne sais que penser.

L..

MATHIEU ET SON MAL DE DENTS.

—

Plut à Dieu !
Disait Mathieu,
Qui souffrait d'une dent creuse,
Que je fusse en paradis.
Et ses héritiers maudits,
Rêvant sa fin bienheureuse,
Disaient aussi : Plut à Dieu !

LI.

A QUOI BON LES DENTS.

—

Lucas plaignait un jour Grégoire
D'avoir perdu les dents. — Ma foi, ça m'est égal,
Répondit-il, est-ce un grand mal?
On n'en a pas besoin pour boire.

LII.

LE BORGNE A SA DERNIÈRE HEURE.

—

Au tombeau Martin va se rendre,
Cela ne doit pas l'alarmer;
Car il n'a pas d'esprit à rendre,
Et n'a plus qu'un œil à fermer.

LIII.

A UN POÈTE LIMOUSIN.

———

Je ne sais pas faire d'éloges ;
Mais, mon cher ami,
Dieu merci,
Vous pouvez vous vanter de sortir de Limoges :
Marmontel en était... et Pourceaugnac aussi.

LIV.

REFUS A UN CARTEL.

———

Vous m'écrivez, Monsieur, qu'il faut que, sur le pré,
Notre honneur, à tous deux, soit demain réparé ;
Je refuse, et j'en donne une raison plausible :
D'être réparé — c'est possible —
Votre honneur compromis peut réclamer le soin...
Mais le mien n'en a pas besoin.

LV.

A DUPUITS, MARCHAND DE VIN.

Depuis longtemps, je rime en vain,
Sans avoir pu sortir de la classe commune ;
Si je n'avais été qu'un gros marchand de vin,
    Comme toi, j'aurais fait fortune.
Ta cave t'a valu tant d'or, mon cher Dupuits,
— Ma cave, assurément, mais pas tant que mon puits.

LVI.

LE SCÉLÉRAT A M. L'AVOCAT GÉNÉRAL. (1)

Monsieur l'avocat général !
Faites votre métier, dites que j'ai fait mal,
Dites que j'ai volé, citez les *quand*, les *qu'est-ce*,
    Il faut que la Cour les connaisse ;
Mais ne m'appelez pas gueux, bandit, scélérat ;

(1) A titre d'épigramme seulement.

Sans les gueux, les bandits, seriez-vous magistrat ?
La faim, la pauvreté produisent les faussaires,
Toutes deux m'ont séduit par l'appât des écus...
    Si j'avais eu vos honoraires,
    J'aurais partagé vos vertus.

ÉPITAPHES :

—

LVII.

d'une jeune fille.

—

Ci gît, une fille de bien.
L'amour n'en a rien dit ; l'hymen n'en dira rien.

—

LVIII.

d'un orphelin.

—

Ci gît un orphelin,
    Mort de faim,

De misère.
C'est un enfant rentré
Dans le sein de sa mère,
Un pauvre ange égaré
Qui retrouve son père.
A dater d'aujourd'hui,
Dieu le rappelle à lui.

———

LIX.

d'un suicidé.

———

Passant! méprise cette pierre
Qui cache mes os et ma bierre;
De l'ouvrage de Dieu, de moi-même ennemi,
J'ai tué mon meilleur ami.

———

LX.

d'un bonhomme.

———

Ci gît moi; c'est ici, qu'un jour ma pauvre femme,
Viendra rejoindre son bon vieux;

J'y compte, à coup sûr, dans mon âme ;
Mais le plus tard sera le mieux.

———

LXI.

d'un avocat.

———

Ci gît un avocat mort d'avoir trop parlé ;
Sileatur ille !

———

LXII.

d'un pédant.

———

Celui, dont tu lis l'épitaphe
Était, au terrestre séjour,
Aimable jusqu'au calembourg,
Et savant jusqu'à l'orthographe.

LXIII.

d'un avare.

Ci gît Gaspard. — Passant, laisse-le sommeiller,
Prends garde à toi, va-t-en... il va se réveiller :
Tu lis son épitaphe — entière — sans payer !

LXIV.

d'un ivrogne.

Ci gît un neveu de Grégoire,
Qui de la mort subit le choc,
Au pied d'un tonneau de Médoc;
A force d'y goûter, il a bu l'onde noire.
Courez, apportez vite un broc :
Son ombre crie encore : à boire!

DISTIQUES.

LXV.

—

Comment veux-tu que je songe au trépas
Moi qui voit tout en beau ? — Tu ne te vois donc pas ?

LXVI.

—

Écrivez pour charmer, vous en viendrez à bout...
Ne vous faites pas voir, car vous gâteriez tout.

LXVII.

—

Ma vie est un combat : en êtes-vous surpris ?
Je veux être honnête homme, et j'habite Paris !

LXVIII.

—

Mon cours s'ouvre aujourd'hui, partisan de l'étude,
Viens-y. — Je ne veux pas troubler ta solitude.

LXIX.

—

Rire aux dépens d'autrui, n'est pas jouer jeu sûr,
Les moqueurs sont moqués : *par pari refertur*.

LXX.

—

Ah! Coquin! tu me dois, et tu fais l'indigent!
Tu t'en repentiras! — Non, voici votre argent.

LXXI.

—

André médit de moi, mais il me le paîra :
Je vais louer André... le gueux s'en souviendra!

LXXII.

—

Pourquoi donc aimez-vous si fort les malheureux ?
—C'est que je n'ai rien fait pour l'être un peu moins qu'eux.

ENVOI.

Aux Habitants de Sens.

—

Vous avez quelquefois de bienveillants suffrages,
  Payé mes trop faibles ouvrages.
Les voilà réunis : vous pouvez maintenant,
Rétracter du passé l'accueil encourageant,
Honorer mes essais d'une juste critique,
Trouver *Paginula* traînante, prosaïque,
Me contester des droits au culte poétique.
Je ne sais trop comment, de cet humble recueil,
J'ai formé le noyau, sans but et sans orgueil,
Ma muse n'ayant pas l'humeur très-bien réglée,
Mes vers sont, comme on dit, marchandise mêlée;
Certains peuvent passer, la plupart sont mauvais...

Vos pauvres puissent-ils s'en montrer satisfaits!

Sens. — Imp. et Lith. Ph. CHAPU, Grande-Rue, 148.

153